HISTOIRE

DU

VAUDEVILLE

Résumé des Conférences faites à l'Athénée
de Bordeaux
31 janvier, 14 mars 1890

Par M. E. PRIOLEAU

MEMBRE DE LA LIGUE DE L'ENSEIGNEMENT.

><><

BORDEAUX
FERET & FILS, LIBRAIRES-ÉDITEURS
15, COURS DE L'INTENDANCE, 15
—
1890

« C'est devant un public nombreux qu'a eu lieu, à l'Athénée, la seconde et dernière Conférence faite par M. Prioleau sur le « Vaudeville ».

» Nous avons déjà dit, lorsque M. Prioleau a traité la première partie de son sujet, combien le conférencier, tout en conservant le ton d'une causerie facile, pleine d'entrain et d'humour, savait captiver son auditoire.

» M. Prioleau n'a pas eu moins de succès ce soir que lors de sa première conférence.... émaillant les citations de mots personnels, bien français comme le Vaudeville lui-même, laissant percer çà et là un chauvinisme délicat qui, à plusieurs reprises, a soulevé les applaudissements . . . .
. . . . »

(Gironde.)

HISTOIRE DU VAUDEVILLE

———

Qu'est-ce que le Vaudeville ?

L'Académie répond :

« Chanson qui court la ville, dont l'air est facile
» à chanter et dont les paroles sont faites ordinai-
» rement sur quelque aventure, sur quelque évé-
» nement du jour.
» Vaudeville se dit également d'une pièce de
» théâtre où le dialogue est entremêlé de couplets
» faits sur des airs de vaudevilles. »

Nous avons donc à étudier :

Le vaudeville... primitif,
Le vaudeville... théâtral.

Etymologie généralement acceptée :

Vau-de-Vire, dénomination donnée au milieu
du quinzième siècle par Olivier Basselin aux petites pièces de vers qu'il composait dans le Val-de-
Vire.
La mignonne rivière faisait tourner son moulin
à foulon pour feutres et draps, tandis qu'il amusait
les voisins de ses rimes :

Ne rien chanter senon un Vau-de-Vire...

1.

disait Basselin, ce qui semble prouver que telle était bien la forme poétique préférée par lui.

Le *bonhomme* (comme on l'appela deux cents ans avant Lafontaine), savait le latin, avait voyagé, avait même été soldat... ce qui ne lui avait laissé aucune trace de galanterie et de bravoure :.

> A l'amour ne suys adonné,
> Et j'aime encore moins les armes!

Mais il était fort accueillant, et si chevauchant par monts et vaux un voyageur acceptait l'hospitalité, Olivier, broc de cidre ou bouteille de vin en main, improvisait un couplet pour trinquer avec lui. — On dit même que l'usage de chanter au dessert date du gai foulon-poète.

Pendant que Vire était assiégée par les Anglais, en 1450, il rimait les trois couplets si connus :

> Tout à l'entour de nos remparts,
> Nos ennemis sont en furie,
> Sauvez nos tonneaux, je vous prie !
> Prenez plutôt de nous, soudards,
> Tout ce dont vous avez envie...
> Sauvez nos tonneaux, je vous prie !
> . . . .

> Vuidons nos tonneaux, je vous prie ;
> Deussions-nous marcher de côté,
> Ce bon *sidre* n'espargnons mie :
> Vuidons nos tonneaux, je vous prie !

Un Bas-Normand adorant et offrant son cidre, c'est naturel ; l'offre du vin, en voici la preuve :

Epitre à mon Nez.

> Beau nez, dont les rubis ont cousté mainte pipe
>   De vin blanc et *clairet* (1),
> Et duquel la couleur richement participe
>   Du rouge et violet.
> . . . .

---

(1) Vin rouge ; nos voisins d'outre-Manche désignent encore ainsi le vin de Bordeaux ; ce mot a dû passer chez eux avec la conquête normande.

Gros nez, qui te regarde à travers un grand verre,
Te juge encor plus beau :
Tu ne ressembles point au nez de quelque here
Qui ne boit que de l'eau !

La mode des couplets parvenant à Paris, la malice s'empara aussitôt de cette forme vive et facile pour narguer les hommes au pouvoir et rire, au jour le jour, des incidents — même des accidents parfois — politiques et autres.

Les couplets, sans nom d'auteur, passaient de bouche en bouche, grâce à l'air simple connu de tous, puis de main en main se reproduisaient à l'infini, sans le secours de l'imprimerie, trop limitée encore en ses moyens d'action, et surtout trop *étroitement surveillée.*

Sous François I*er*, on a chanté :

Hélas ! La Palice est mort...
Il est mort devant Pavie.
Hélas ! s'il n'était pas mort,
Il serait encor en vie !

La bataille de Pavie perdue, le roi prisonnier, la mort d'un brave capitaine comme La Palice méritaient, il faut bien l'avouer, autre chose que cette méchante complainte.

La minorité de Louis XIII vit naître de nombreux écrits contre les intrigants italiens qui abusaient de la faiblesse qu'avait pour eux leur compatriote Marie de Médicis.

Mais ce ne fut rien en comparaison des flots de libelles et de chansons que déchaînèrent les troubles de la Fronde, sous la régence d'Anne d'Autriche et le ministère de Mazarin !

Tout le monde connaît — de nom au moins — les *Mazarinades*, dont l'amas classé fait bibliothèque ; on y lit des choses comme celles-ci, contre Mazarin :

Maudit, maraud, malicieux,
Sot, superbe, symoniaque,
Avare, asnier, ambitieux,
Pendard, pelé, pernicieux,

Plus dangereux qu'un maniaque.
. . . .

Infâme, impertinent, ingrat,
Tigre, testu, tyran et traître,
Fourbe, faquin, antasque, fat.
Méchant enfin par *toute lettre*...

Par toute lettre, en effet, car c'est jusqu'à épuisement de l'alphabet que se succèdent les séries d'injures !

Il y en a de bien plus fortes d'autre part, et qui se chantaient aussi; mais le sommeil de Mazarin n'en était point troublé... *pourvu que l'on payât*.

Louis XIV eut, en vieillissant, sa part de quolibets, surtout à l'adresse de ses finances embarrassées :

Dans ses coffres, pas un doublon :
Il est si pauvre en son ménage
Qu'on dit que la veuve Scarron
A fait un mauvais mariage!

Un homme indifférent aux violences rimées, chantées ou non, aussi indifférent que l'avait été Mazarin, ce fut le Régent pendant la minorité de Louis XV; il entendit sans sourciller, paraît-il, ce couplet :

De l'Etat, sujet inutile,
Plus que ton feu père imbécile,
Plus que ton oncle détesté;
Mauvais donneur de faux breuvage,
Non, tu ne l'as jamais été :
Il faut pour cela du courage!

L'épigramme est attribuée à Voltaire, qui à cette époque (1716) n'était encore que le jeune Arouet; partant de ce pied-là pour la célébrité, il ne pouvait manquer de rencontrer sur sa route la Bastille... où il dut se *reposer* quelque temps, — ce qui, d'ailleurs, ne fit naturellement que hâter sa popularité.

Un rimeur plus prudent disait à la fin de sa chanson :

L'auteur de ce vaudeville
Ne dira pas ce qu'il est,

Par la raison qu'il se plaît
À voir de *loin* la Bastille.

Et un autre, plus prudent encore :

Ne montrez point ces chansonnettes,
Vous me feriez un mauvais tour !

C'était là précaution inutile, car il n'est rien
resté de ces chansonnettes... que la prière de ne
pas les montrer !

J'ai puisé ce qui va suivre dans un ouvrage à
nombreux volumes *(Chansonnier historique du
XVIIIe siècle*, chansons, vaudevilles, etc.) :

1716, Janvier. — **Le Premier Bal de l'Opéra.**

Dans un séjour consacré par les belles,
L'ingénieux et favorable amour
Pour combler ses sujets de ses grâces nouvelles,
Vient d'établir une nouvelle cour :
Là, le déguisement des aimables mortelles
Est fatal aux époux mais propice aux amants;
Et la divinité qui préside sur elles
Invite tous les cœurs à ses amusements...

« Le bal commença à minuit, on n'y entra que
masqué, sans épée et sans bâton, » dit le Journal
de Dangeau, — « et le Régent, dont l'autorisation
avait été indispensable pour donner le bal, s'y
montra... en *sortant de souper*, » ajoute mali-
cieusement Duclos.

Il y vint avec un de ses ministres au moins, si
nous en croyons le refrain suivant :

Cesse, France, de t'alarmer,
Reprends tes espérances
Et ne songe plus qu'à sauter,
Qu'à recorder tes danses :
Noailles, par sauts et par bonds,
La faridondaine, la faridondon,
Fit merveille au bal de jeudi,
Biribi,
À la façon de Barbari,
Mon ami.

1718.

On dit que sous le Régent
La paix, l'abondance
Vont enfin dans peu de temps
Revenir en France ?...
Va-t'en voir s'ils viennent, Jean,
Va-t'en voir s'ils viennent !

1720. — Contre les actions créées par Law, avec promesses de bénéfices magnifiques en Amérique.

Le Mississipi m'importune,
N'en parlons plus ;
Aller si loin chercher fortune,
C'est un abus !
Actions sur terre étrangère,
Ne valent rien,
Mais actionner sa bergère,
C'est le vrai bien !

Voilà un décavé... galant !

Résultats des Jeux de Bourse de la rue Quincampoix.

Lundi, je pris des actions,
Mardi, je gagnais des millions,
Mercredi, je pris équipage,
Jeudi, j'agrandis mon ménage,
Vendredi, je m'en fus au bal...
Et samedi à l'hôpital !

Cela va un peu moins vite aujourd'hui, mais ça arrive tout de même.

1743, 17 avril. — Tirage au sort de la milice (pour la première fois à Paris) par billets blancs et noirs.

Choisir au village
Des miliciens
Blessait le courage
Des Parisiens ;
Mais cette injustice
Va se réparer,
Puisqu'à la milice
L'on nous fait tirer.
. . . .

Mangeons la salade,
Le fin pigeonneau.
Le vin vieux est fade,
Buvons du nouveau ;
Si de bonne chère
L'on est échauffé,
Suivant la manière,
L'on prend du café.

. . . .

10ᵉ et dernier couplet.

La pécune est faite ;
Pour la dépenser,
C'est à la guinguette
Qu'il faut la laisser ;
Avant la partance,
Contents et joyeux
Parmi l'abondance,
Faisons nos adieux.

1768. — Les Lanternes de Paris.

Or, écoutez, petits et grands,
L'histoire d'un événement
Qui va pour jamais être utile
A Paris, notre bonne ville ;
Nous, nos neveux en jouiront,
Les étrangers admireront.

. . . .

Ces lanternes, à réverbère, coûtant fort cher, et
ne pouvant de ce fait être installées qu'à distances
éloignées, les habitants se cotisèrent

Afin de promptement jouir,
Aussitôt chacun d'accourir :
Ici, ce sont les locataires,
Là, ce sont les propriétaires
Qui, pour voir la nuit en marchant,
Apportent de l'argent comptant.

Les voleurs se plaindront, sans doute,

Mais en dépit d'eux on louera,
En prose, en vers on chantera
L'illustre Monsieur de Sartine,
Par qui la ville s'illumine,
Et le bonheur d'avoir un roi
Qui d'hommes sait faire un tel choix.

Grimm, dans sa Correspondance, remercie le lieutenant de police, tout en critiquant « ces nou-
» velles lanternes à réverbère, suspendues au mi-
» lieu des rues ; elles éblouissent encore plus qu'el-
» les n'éclairent, dit-il, aveuglé qu'on est par ces
» plaques de fer-blanc qui vous renvoient la lu-
» mière! »

Il faut penser qu'il avait la vue bien sensible, le baron Grimm, car ce serait à croire que le spiri-
tuel conseiller d'Etat de Russie a voulu rire.

Il y a de tout, dans ce recueil, sur tous et contre tous ; il est à la Bibliothèque de la Ville ; je le si-
gnale aux messieurs, car j'ai dû, naturellement, passer beaucoup de choses qu'on ne lit pas tout haut... surtout devant des dames!

Malgré cela, — ou peut-être même à cause de *cela*, — on pourrait appliquer à ce recueil ce que Jean-Jacques Rousseau, dans ses *Confessions*, dit en parlant d'une compilation qui a pu servir de base à celle-ci :

« Une collection très complète de tous les vaude-
» villes de la cour et de Paris, depuis plus de cin-
» quante ans, où l'on trouvait beaucoup d'anecdo-
» tes qu'on aurait inutilement cherchées ailleurs :
» voilà des Mémoires pour l'Histoire de France
» dont on ne s'aviserait guère chez toute autre na-
» tion. »

Ménage avait dit avant Rousseau :

« Un Recueil de vaudevilles est indispensable à
» qui veut bien connaître l'histoire. »

Et Boileau avait écrit de son côté :

D'un trait de la satire, en bons mots si fertile,
Le Français, né malin, *forma* le Vaudeville...

Et non « *créa* le Vaudeville », comme on dit plus volontiers... nous verrons pourquoi.

De la rue, des carrefours, du terre-plein du Pont-Neuf où les chansonniers populaires vendaient leurs refrains (ce qui fit donner aux vieux airs revenant souvent avec de nouvelles paroles le nom de *ponts-neufs*), de la rue, disons-nous, le Vaudeville était arrivé à la foire Saint-Laurent (faubourg Saint-Martin) et à la foire Saint-Germain (le marché d'aujourd'hui); on y jouait des tableaux villageois et parodies, formés de couplets sur des airs de *ponts-neufs*.

« L'opéra-comique même, dans sa nouveauté, dit encore M. Fétis en sa *Biographie générale de la Musique*, n'y était guère que ce qu'on nomme maintenant le vaudeville. »

(A ce compte, l'opéra-comique serait le fils du vaudeville primitif, et tout le bruit qu'il fait l'éloigne chaque soir davantage de son humble origine, l'ingrat !)

En mars 1781, on représenta à Trianon la *Veillée villageoise ;* Marie-Antoinette y jouait (et *chantait)* une Babet... qui perdait son sabot en courant retrouver son amoureux ! — Et en mai de la même année, les comédiens italiens ordinaires du roi(1) parurent à Marly «devant LEURS MAJESTÉS» dans le *Printemps*.

Ces deux *divertissements-vaudevilles* avaient pour auteurs le chevalier de Piis et Barré, membres du *Caveau* (Société qui avait pris en 1730 le nom du *cabaret* où les chansonniers se réunissaient à jours fixes ; la *Clé du Caveau* fut le recueil des airs notés, et on appela *timbre* l'indication de l'air dans les pièces imprimées par le premier vers de la chanson connue qui avait servi de type).

Mardi 17 avril 1784, soirée mémorable pour le Vaudeville, qui eut l'honneur d'être chanté sur le Théâtre-Français : dix couplets composaient le

_____

(1) Ils ne récitaient plus alors qu'en notre langue.

vaudeville final du *Mariage de Figaro*, que Bridoison terminait en bégayant :

Tout finit par des-es chan-ansons !

Vous savez si ce refrain est resté à l'état de proverbe; il l'était même déjà, et il y avait grande habileté de la part de Beaumarchais à prendre ce dicton pour dernier trait de sa pièce... « qui, commencée à cinq heures et demie, ne fut terminée qu'à dix heures !) » comme le constatent avec un certain effroi les Mémoires du temps.

Le *Mariage de Figaro*, interdit en 1785 par le Parlement de Bordeaux (malgré toutes les démarches de l'auteur), ne fut joué au Grand-Théâtre qu'en 1789 ; il atteignit le chiffre extraordinaire de quatre-vingt-cinq représentations... « grâce, ajoute M. Detcheverry dans son *Histoire des Théâtres de Bordeaux*, grâce au jeu inimitable de Mlle Contat dans le rôle de Suzanne. »

Mars 1791. — La liberté de l'industrie théâtrale proclamée (avec celle de toutes les autres industries), les scènes se multiplient, les genres se heurtent, le but est tout d'abord dépassé, au point que parmi les TRENTE-CINQ théâtres improvisés dans Paris, il y en eut un, aux Champs-Elysées (déserts encore), où les entrées coûtaient de deux à dix-huit sous, et où le directeur (premier rôle) faisait ainsi au public l'annonce du prochain spectacle :

« Mes sieurs et dames,

» D'main, dès les cinq heures du soir, j'aurons.
» l'honneur qu'd'vous bâiller : la *Zatyre*, ed'Vol-
» taire, et les *Fourberies de l'Escarpin*, de Mo-
» lière. »

Je ne sais pas trop comment M. de Voltaire aurait pris la chose lorsqu'il s'agissait de *Zaïre*, sa meilleure tragédie, mais je crois bien que Molière se fût contenté de donner quelques louis à ces malheureux acteurs d'occasion.

En 1792, ce couplet courut la ville :

> Il ne fallait aux fiers Romains
> Que des spectacles et du pain ;
> Mais aux Français, plus que Romains,
> Le spectacle suffit... sans pain.

Je préfère celui-ci :

> A l'Opéra *gratis* parmi les spectateurs
> Une poissarde était assise,
> Et voyant de quatre chanteurs
> Briller en quatuor les talents enchanteurs :
> — Ah ! Jérôme, je suis surprise,
> Dit-elle à son mari, d'entendre les acteurs
> Brailler tous à la fois ! Mon homme, que t'en semble,
> Est-ce l'usage ? — Oh ! répondit-il, nenni !
> Mais, vois-tu, c'est *gratis*, ils chantent quatre ensemble
> Afin d'avoir plus tôt fini !

La concurrence effrénée eut naturellement raison de la plupart des trop nombreuses scènes nouvelles, quelques-unes même des anciennes — celles des foires Saint-Laurent et Saint-Germain, par exemple — disparurent sans retour.

C'est alors que Piis et Barré, les deux anciens fournisseurs de la cour, ouvrirent, à la fin de 1792, un théâtre qu'ils appelèrent VAUDEVILLE, et mirent en tête de leur affiche le vers de Boileau avec cette variante :

> Le Français né malin *créa* le VAUDEVILLE

au lieu de *forma*.

Edouard Fournier, qui a été un chercheur littéraire infatigable souvent heureux, affirme que Piis et Barré avaient voulu prévoir le cas où ce malencontreux *forma* aurait pu, par une simple coquille typographique, faire lire un matin au public :

> Le Français né malin *ferma* le VAUDEVILLE.

Il ne ferma pas et, malgré ses déménagements successifs, a gardé son titre de 1792

Nous entrons réellement dans la phase du vaudeville théâtral actuel par l'inauguration de cette scène spéciale où défilèrent, avec Pils, Barré, Radet, Desfontaines comme auteurs :

Arlequin afficheur, des séries de *Nicodème*, de *Jocrisse*, de *Colombine*, et enfin (sous le Directoire) de *Madame Angot*, dont nous n'avons connu que la *Fille*.

Mme Angot, la poissarde parvenue, a été le prétexte de beaucoup de vaudevilles réussis, dont un intitulé *Madame Angot au Sérail ;* il y avait là une femme de chambre enrichie qui, se préparant pour aller au bal, chantait, embarrassée :

> Mettrai-je ma robe de basin
> Ou ma grande sultane ?
> Aimez-vous mieux celle de satin
> Que celle de tarlatane ?
> Passerai-je ma robe lilas
> Ou mettrai-je ma robe brune ?

Le personnage interpellé lui répondait brutalement :

> Tu n'avais pas tous ces embarras
> Quand tu n'en avais qu'une !

Nous devons hâter le pas pour rencontrer, en 1805, une pièce importante, *Fanchon la Vielleuse*, trois actes (Bouilly et Pain); l'action se passe en plein règne de Louis XV; chaque personnage y est pourtant vertueux et chante sans cesse, l'abbé de Latteignant surtout, dont la présence donne à Fanchon une allure quasi-historique (1).

La même année, nous remarquons les *Chevilles de Maître Adam* (Francis et Moreau), un acte, genre historique aussi (1); car il est bon de dire en passant que le Vaudeville a mis à la scène la plupart de nos poètes nationaux, en même temps qu'il y a attiré presque tous nos chansonniers.

En 1806, un décret limita à deux les théâtres dans les grandes villes; en 1807, un second décret fixa à huit le maximum des théâtres dans Paris : le Vaudeville n'y perdit ni sa scène spéciale, ni celles des Variétés et de la Montansier au Palais-Royal.

_____

(1) Le conférencier fait quelques citations de la pièce.

Le *13* janvier 1810, début malheureux de Scribe aux Variétés avec le *Prétendu par Hasard*. Scribe ne fut pas superstitieux et réussit au Vaudeville en 1812 avec l'*Auberge ou les Bandits sans le savoir* (1) ; c'est la première pièce qui figure dans ses œuvres.

En 1812, Désaugiers apparaît avec le *Mariage extravagant*, *Monsieur Dumolet*, les *Petites Danaïdes*, *Monsieur Sans-Gêne*, et enfin (1812) le *Dîner de Madelon* (1) ; le tout bien gaulois et émaillé de couplets troussés comme ils ne pouvaient manquer de l'être par la main légère du chansonnier dès longtemps apprécié.

En 1815, succès mettant Scribe en évidence : la *Nuit de la Garde nationale*, tableau vivant d'un corps de garde... gai ; un couplet flatteur pour l'uniforme était bissé tous les soirs. (L'opposition qui se préparait déjà contre la Restauration encourageait le Vaudeville pour s'en faire une arme... ce qui n'était que suivre les traditions du passé.)

En 1817, Scribe donna le *Solliciteur*, les *Deux Précepteurs* et le *Combat des Montagnes*... où un certain M. Calicot avait des façons de matamore, mais baissait pavillon devant la fermeté d'un ex-militaire, n'en ayant pas l'air, qui lui disait alors poliment :

Pardon, Monsieur, je vous avais pris pour un brave!

Tonnerre d'applaudissements, fureur des commis-marchands, émeute tous les soirs ; le calme ne se rétablit que lorsque Scribe et son collaborateur Dupin se furent hâtés de donner le *Café des Variétés*, où le pacificateur était un vieil et honnête commerçant enrichi, qui fit entendre raison aux commis, leur disant à propos de leurs éperons :

Si des beautés dont vous causez les pleurs,
    Nulle à vos traits ne se dérobe,
    Contentez-vous, heureux vainqueurs,
    De déchirer leurs tendres cœurs,
    Et ne déchirez plus leur robe !

1818, *une Visite à Bedlam* rappelait délicatement aux spectateurs que les étrangers, attendant le complément de l'indemnité de guerre, occupaient encore une partie de notre sol :

Étrangers qu'un sort jaloux
Tient loin de votre retraite,
Bientôt enfin puissiez-vous...
Ah! mon cœur vous le souhaite!
Goûter le bonheur si doux
De retrouver votre amie ;
Rentrez dans votre patrie
Et restez toujours chez vous.

(S'il est utile de *ne pas oublier*, c'est à condition que le patriotisme sache s'exprimer ainsi en public, avec décence et discrétion.)

1819. La *Somnambule*, deux actes charmants, suivis de près par la délicieuse bouffonnerie *l'Ours et le Pacha*...

Prenez mon ours! (1)

A partir de 1820, la réputation de Scribe grandit d'année en année, et il devint bientôt le véritable maître du vaudeville moderne ; Delestre-Poisson, le premier collaborateur de Scribe, venait d'obtenir, par la protection de la duchesse de Berry, le privilège du Gymnase-Dramatique. Scribe l'y suivit et, fidèle à son ami, durant plus de quinze ans il alimenta la scène du Gymnase d'une foule de petits chefs-d'œuvre dont les plus remarquables : *Michel et Christine* (1), l'*Héritière*, le *Coiffeur et le Perruquier* (1), la *Mansarde des Artistes* (1), les *Premières Amours* (1), le *Charlatanisme*, la *Demoiselle à marier*, le *Mariage de raison* (1), le *Diplomate*, la *Marraine*, *Avant, Pendant et Après* (1), la *Chanoinesse* (1).

Voilà les pièces dont M. de Villemain a dit « qu'après avoir charmé Paris, elles avaient pu faire » leur tour de France et d'Europe. » (Réception de Scribe à l'Académie, le 28 janvier 1836.)

Succès dus à divers auteurs :

1825, *Ketly* (Duvert et Paul Duport) (1), le *Bourgmestre de Sardam* (Mélesville, Merle et Boirie) (1), que le jeu habile de Potier a rendu légendaire ;

1831, la *Cocarde tricolore*, trois actes patriotiques des frères Cogniard (1) ;

1835, l'*Aumônier du Régiment* (de Saint-Georges et de Leuven) (1), qu'Achard chantait si bien ;

1836, le *Gamin de Paris* (Bayard et Vanderburch) (1), où Bouffé — qui avait déjà trente-six ans — a su être admirable et jeune pendant si longtemps ;

1841, la *Grâce de Dieu*, drame-vaudeville en cinq actes (d'Ennery et Gustave Lemoine), rappelant beaucoup *Fanchon la Vielleuse*, avec moins de grâce, mais plus d'intérêt ;

1842, les *Mémoires du Diable* (Etienne Arago et Paul Vermond), trois actes qui ont fait le bonheur de tous les jeunes premiers s'y succédant vingt-cinq années durant ;

1848, *la Propriété, c'est le Vol* (Clairville et Jules Cordier), sept tableaux désopilants où l'application des aphorismes économiques de Proudhon était poussée aux dernières limites de la fantaisie....

Et *mille* autres productions signées des noms précédents ou bien : Brazier, Barrière, Biéville, Dartois, Dumersan, Dumanoir, Dupeuty, Deslandes, Delacour, Delaporte, Decourcelle, Francis, Grangé, Laurencin, Lauzanne, Merle, Rougemont, Rosier, Varin, Théaulon, Lambert Thiboust, Xavier, etc., etc.; on n'en finirait pas de citer pièces et auteurs dans cet immense répertoire dont M. Francisque Sarcey parle souvent : « Il ne » lui reste plus guère que quelques fidèles qui, » comme moi, sont persuadés qu'un certain nombre

» de ces œuvres, si on les reprenait avec de bons
» acteurs, amuseraient encore » (1).

En attendant que les vœux de l'éminent critique
(et les miens !) se réalisent, il y a dans ce répertoire une mine inépuisable de lectures attrayantes
pour l'esprit et saines pour le cœur : le Vaudeville, dès l'âge de raison, a eu la vivacité, le bon
sens et le courage de notre race, à laquelle il ap-
partient bien, procédant d'elle directement, exclu-
sivement.

Un dernier mot sur Scribe :

Auprès de la grille d'entrée du jardin, rue Pi-
gale, n° 12, une plaque de marbre porte cette ins-
cription :

EUGÈNE SCRIBE
AUTEUR DRAMATIQUE
NÉ A PARIS LE 24 DÉCEMBRE 1791
EST MORT DANS CET HOTEL
LE 20 FÉVRIER 1861

Scribe disparu, le couplet devient rare ; il ne
servira plus bientôt que dans les féeries et les re-
vues de fin d'année, parce qu'il y est indispensable : on ne peut s'y passer du *couplet* de FACTURE
à longue haleine.

Deux auteurs arriveront pourtant à l'Institut
ayant aussi à leur actif de jeunesse des pièces à
couplets :

M. Victorien Sardou, qui a fait plusieurs vaudevilles pour Déjazet ; dans l'un d'eux, l'excellente
actrice représentait à merveille le chanteur à la
mode sous le Directoire, l'élégant Bordelais Garat ;

Et Eugène Labiche ; son vaudeville de début
était intitulé *M. de Coislin ou l'Homme le plus
poli de France*. S'inspirant de ce titre, Labiche,
son mérite aidant, sut se faire bien accueillir par
les immortels.

Il y aurait encore à nommer, dans les récents

_____

(1) Feuilleton du *Temps* (16 décembre 1889), à propos
de la reprise du *Bourgmestre de Sardam*.

académiciens, MM. Ludovic Halévy et Henry Meilhac... si j'osais appeler ces messieurs des vaudevillistes.

En terminant cette étude, je voudrais faire remarquer que plusieurs comédiens du Théâtre Français ont passé par les scènes dites *de genre* :

MM. Samson, Brindeau, Delaunay, Bressant, Lafontaine, Febvre, entres autres, avaient *phrasé* le couplet.... ce qui ne les a pas empêchés de faire honneur à la maison de Mollère.

Trois de ces artistes ont été décorés :

M. Samson, comme professeur au Conservatoire; M. Febvre, pour services rendus à l'hôpital français de Londres; M. Delaunay a été le premier comédien en exercice recevant cette distinction comme *sociétaire de la Comédie-Française*.

Ma tâche est remplie et mon but atteint si j'ai su rappeler avec plaisir un genre aimable aux personnes qui le connaissaient bien et y intéresser un peu celles qui le connaissaient à peine. Grâce à leur patience attentive (j'en resterai profondément reconnaissant), j'ai pu, en tout cas, payer ainsi une partie de ma dette à mon vieil ami le Vaudeville... qui, tout vieux qu'il est, vivra plus longtemps que moi, — et longtemps encore après moi, je l'espère, — car on chantera toujours *sur cette douce terre de France*, comme disaient nos gentils poètes des quinzième et seizième siècles.... Oui, on chantera et on rira toujours dans ce bon et brave pays, où la gaîté sait si bien s'allier avec la vaillance !

Bordeaux. — Imp. G. Gounouilhou, rue Guiraude, 9.